AF402669

Ye

24254

HOROSCOPE

SUR

LA NAISSANCE

DU FILS DE M. A. D. M.

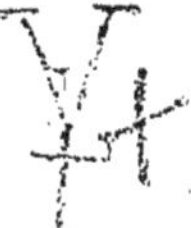

A PARIS,

Chez JACQUES ESTIENNE, ruë Saint Jacques,
au coin de la ruë de la Parcheminerie,
à la Vertu.

<hr>

M. DCC. IX.

AVEC PERMISSION.

HOROSCOPE.

SUR LA NAISSANCE

du Fils de M. A. D. M.

IL faudroit être un Mifantrope
Bien fauvage, & bien rechigné,
Pour refufer un Horofcope
Au petit Enfant nouveau né ;
L'entreprife fans doute eft grande,
Mais le moyen qu'on s'en défende,
C'eft le Papa, c'eft la Maman,
C'eft le pauvre petit Fanfan,
Qui par fes cris me le demande :
Ne pleurez pas, petit Mignon,
Vous feriez pleurer vôtre Mere ;
Vous le voulez, il faut le faire,
On ne fçauroit vous dire, Non.
    JE ne fuis pas grand Aftrologue,

Et je ſçay peu l'art de mentir,
Quoique cet art ſoit fort en vogue :
Je m'entens bien moins à bâtir
Un Horoſcope qu'une Eglogue.
Les Aſtres, l'Hyver, & l'Eté
Peuvent courir en liberté,
Leur marche ne m'occupe gueres,
Qu'ils ſe levent ſoir ou matin,
Je les laiſſe aller leur chemin,
Sans me mêler de leurs affaires.
Qui va d'un œil trop curieux
Examiner chaque Planette,
Et par le trou d'une Lunette
Fureter tous les coins des Cieux,
N'a pas la viſiere bien nette :
Les douze maiſons du Soleil
Sont toutes d'un prix ſans pareil,
Mais malheur à qui les frequente ;
J'en dirois de bonnes raiſons :
La premiere qui ſe preſente,
Eſt qu'elles ont certaine pente
Qui mene aux Petites-Maiſons.

SANS tracer de vaines figures,
Pour fixer avec ſeureté
Le poinct d'une nativité,

On peut ſur d'autres conjectures
Plus juſtes, peut-être, & plus ſûres,
Friſer au moins la verité :
Encor beaucoup pour qui la friſe
Dans nôtre métier de Devin
Tout eſt ſujet à la mépriſe ;
Vaille que vaille, cher Bambin,
Sans garentir la marchandiſe,
Je vais chanter vôtre deſtin.

V o u s étes né de bon matin
A cinq heures, dit la Chronique,
Que faut-il que j'en pronoſtique ?
Le trait me ſemble un peu lutin.
Au lieu d'attendre d'un air ſage,
Et comme un Enfant bien appris,
Au point du jour, ſans autre avis,
Vous commencez vôtre ramage,
Et réveillez tout un Logis.
C'eſt être alerte de bonne heure,
Je ne ſçay ce qu'on en dira ;
Mais grand malheur arrivera,
Si jamais le pied vous demeure.

S o y e z pourtant le bien venu,
Vous voilà dans un nouveau Monde,
Qui vous étoit fort peu connu ;

A ij

Il eſt déja vieil & chenu :
S'il a beſoin qu'on le refonde,
Je n'en dis mot, mais convenez
Qu'à tout prendre, il vaut bien en ſomme
Le triſte lieu d'où vous venez,
Et que chez nous Neant on nomme.
Pauvre Pays, Pays perdu,
Où ſi long-temps, avant que d'être,
Vôtre petit individu
Dans la maſſe fut confondu :
Le monde où vous venez de naître,
Quoy qu'on en diſe, a ſes beautez,
Ce ſont pour vous des nouveautez,
Il faut du temps pour les connoître,
Ainſi, crainte de repentir,
Ne vous preſſez pas d'en ſortir.

    Avec la Parque Dame antique,
Qui de nos jours tient le cordon,
J'ay fait pour vous ſous vôtre nom
Bail de vie Emphyteotique,
Cent ans & plus, le terme eſt bon ;
Contrat paſſé, ſtyle ordinaire
Par-devant le Deſtin Notaire,
Avec paraphe : A tout hazard,
Pour éviter toute diſpute,

Levez-en plûtôt que plus tard
Un bon Acte sur la Minutte;
Donneroit bel argent comptant,
Qui pourroit en avoir autant.

Jouissez donc du benefice,
Et commencez par bien teter,
Quand vous n'aurez plus de nourrice,
Et que vous pourrez vous porter,
Aller, venir, courir, trotter.
La Mie aura de l'exercice,
Car je l'ay prédit pour certain,
Que vous seriez un peu lutin,
Oui lutin, lutinant, j'en jure,
Faisant le petit vagabond,
Cherchant toûjours quelqu'avanture,
Et gare quelque bosse au front:
On se tourmente, on se demene,
On veut tout toucher, & tout voir;
On casse tantôt un miroir,
Et tantôt une porcelaine:
La Maman gronde, du haut ton
Le foüet à ce petit Fripon;
Mais on est fait à ce langage:
Elle a beau menacer souvent,
Autant en emporte le vent;

On n'en devient gueres plus fage.
Si maffepain ou macaron,
Si quelqu'écorce de citron,
Ou femblable menu fuffrage
Se trouve fur vôtre paffage,
Macaron, citron, maffepain
Se trouveront croquez foudain
Par benefice d'inventaire ;
Car difons le quoy qu'en riant,
Et c'eft un point qu'on ne peut taire,
Vous ferez un petit Friant.
Cette framboife rouge & fine, *
Qui vers le cœur fe retirant
S'éleve fur vôtre poitrine,
M'en eft un affez bon garent.
Bonbons ne tomberont à terre,
Vous n'en ferez pas à demy,
Ils font à vous de bonne guerre ;
Autant de pris fur l'Ennemy,
Et quand ils font croquez, qu'y faire ?
On prend la fuite aprés le tour,
Et ferviteur jufqu'au retour :
Voilà déja mon Volontaire

* *L'Enfant a la marque d'une Framboife fur le cofté gauche de la poitrine.*

Suivi de son Papa mignon
A dada sur un grand bâton.

Q U E cet âge doit faire envie !
Que c'est un temps à regreter,
Si l'on avoit sceu le goûter
Que ce premier temps de la vie !
Ny peine, ny soucy cuisant
Dans les tendres Enfans n'altere
L'humeur toûjours gaye & legere !
Tout occupez du bien present,
L'avenir ne les trouble guere ;
Crainte, desir, joye & colere,
Tout se passe en un tour de main ;
Le soir on se couche, on sommeille
Sans soucy pour le lendemain,
Et le lendemain on s'éveille
Sans retour fâcheux sur la veille :
Tous les jours leurs paroissent neufs ;
A chaque heure ils semblent renaître :
Helas ! ils sont les vrais heureux,
Et s'ils le sont, sans le connoître,
Nous, qui nous le croyons, sans l'être,
Nous sommes plus à plaindre qu'eux.

L E sage instinct qui les éclaire
Est plus seur sans comparaison

A iiij

Que la raifon qui le fait taire,
Et dont on fe fait une affaire
D'avancer toûjours la faifon :
Dez que nôtre efprit fe délie,
Tout chez nous fe tourne en poifon:
Le premier inftant de raifon
Eft en nous, quoy que l'on publie,
Le premier accés de folie :
La raifon a fait de tout temps
Chez les Animaux raifonnables
Beaucoup plus de gens miferables,
Qu'elle n'a fait de gens contens.
Vous, dont je chante la naiffance,
Joüiffez de vôtre innocence,
Tandis qu'il en eft temps encor,
Cher Bambin, l'âge de l'enfance
Eft le veritable âge d'or.

MAIS courte en fera la durée,
Les foucis auront bien-tôt lieu;
Dez quatre ans la Croix de Par-Dieu,
Croix de tous Enfans abhorrée,
Va vous apprendre à vôtre dam
Que vous êtes né Fils d'Adam.
Depuis cette heure infortunée
Declinant du bonheur paffé,

Vous verrez d'année en année
Ou quelque plaisir éclypsé,
Ou bien nouvelle peine née :
Cent ba-be-bi-bo-bu fâcheux
Durant le cours de vôtre vie
De vos projets & de vos vœux
Renverseront l'œconomie.
L'Alphabet qu'on vous met en main,
Comme on l'a mis à vôtre Pere,
Est l'Alphabet de la misere
Qui tourmente le Genre Humain,
Et le poursuit jusqu'à la biere :
Plus vous irez en avançant,
Plus les chagrins iront croissant.
Les Codrets, & les Despauteres
Dez l'âge de sept ou huit ans
Vont vous donner bien des affaires ;
Ce sont d'incommodes Sergens,
Mais Sergens pourtant necessaires.
Est-on enfin delivré d'eux,
Suit cet âge si dangereux,
Quand le poil follet vient à croître,
Qu'on a la bride sur le col,
Que l'on veut vivre en petit Maître,
Qu'on devient indiscret & fol,

Et qu'on se fait honneur de l'être ;
En proye aux violens accez
Du libertinage & du vice
On le pousse aux derniers excez,
Pour n'y point paroître novice.
Je sçay qu'il en est, que le Ciel
Forme d'une paste meilleure
Des cœurs sans passion, sans fiel,
Que jamais le vice n'effleure ;
Vigilans à le prévenir,
Ils en évitent jusques à l'ombre,
Peut-être serez-vous du nombre,
Et vous avez de qui tenir ;
Mais la Jeunesse m'intimide,
Sans frayeur je n'y puis penser,
Et c'est une Zone torride
Qui coûte beaucoup à passer.

    A R R I V E enfin ce qu'on appelle
L'âge, où de son feu revenu,
L'homme quittant la bagatelle,
Pour sage & prudent est tenu :
Nos vœux se tournent au solide ;
L'amour du bien vient nous saisir ;
Le plaisir nous servoit de guide ;
L'interest chasse le plaisir.

Quand une fois il nous poffede,
Quelque fecours qu'il puiffe offrir
Contre le plaifir qui luy cede,
Je crains bien autant le remede,
Que le mal qu'il prétend guerir.

HE', Caufeur, Tréve de morale,
Dira quelque Lecteur chagrin
De ta longue Mercuriale;
Ne verrons-nous jamais la fin?

JE rends grace à qui m'appoftrophe;
Il a raifon, je m'écartois,
Et d'Aftrologue que j'eftois,
J'allois devenir Philofophe:
On ne tarit point fur ce ton;
Mais taifons-nous, & calons voile,
Et revenons au petit Bon,
Dont j'ay prefque perdu l'étoile.

EN Mars vous étes né, dit-on,
Et Mars eft le Dieu de la Guerre;
Le cœur vous en dit-il, Poupon,
Et prendrez-vous le cimeterre
Pour éternifer vôtre nom?
Suivez confeil, & dites Non:
Ce métier conduit à la gloire,
Mais la route ne m'en plaît pas,

Quand en courant à la victoire,
On laiffe en chemin tête & bras :
Le Heros dans ce temps, helas !
Des beaux éloges de l'Hiftoire,
Croyez-moy, ne fait pas grand cas ;
Les doctes Filles de memoire
Nous en font à tous bien accroire.

M a i s Mars eft le Dieu du Printemps,
Auffi-bien que le Dieu des Armes :
En Mars on voit fleurir nos champs,
Et la terre reprend fes charmes.
Si Mars fouvent plein de rigueurs
Annonce aux autres des allarmes,
Il ne vous promet que des fleurs :
C'e n'eft point icy le langage
D'un Aftrologue feducteur :
De cet efpoir doux & flateur
Vous portez avec vous le gage ; *
Nature elle-même en traçant
De tendres fleurs fur vôtre tête
Par ce trait voulut en naiffant
Vous donner un gage innocent
Du bon-heur qu'elle vous apprête.

*L'Enfant a un bouquet de fleurs marqué fur le derriere de la
tefte.*

Petit Poupon predeſtiné,
Un beau Deſtin doit vous attendre;
Eſt-il un ſort ſi fortuné,
Où vous n'ayez droit de prétendre,
Vous que Nature a couronné,
Même avant que vous fuſſiez né.

Vos jours filez d'or & de ſoye
S'écouleront tous dans la joye,
Tout ce qui peut du cœur humain
Flatter les vœux & l'eſperance,
Vous eſt acquis par preference,
Et la fortune à pleine main
Viendra verſer dans vôtre ſein
Tous les tréſors qu'elle diſpenſe:
Pour joüir d'un bon-heur ſi doux,
Vous avez cent ans devant vous,
Je dis cent ans, ſi devant terme
Par avanture ne mourrez,
Prenez-y garde, & tenez ferme
A Vieillir tant que vous pourrez.

Quelque Cenſeur dira peut-être
Que l'Aſtrologue eſt un nigaut
De parler de vieillir ſi-tôt
A l'Enfant qui ne fait que naître:
Mais qu'il apprenne de ma part

Ce Cenſeur ſi prompt à reprendre,
Que qui veut devenir vieillard
Ne ſçauroit de trop loin s'y prendre ;
Pluſieurs ſont reſtez à l'écart,
Pour s'en être aviſez trop tard.

L a vieilleſſe eſt choſe fort bonne,
Et Dieu puiſſe-t'il la benir,
A peu d'Elûs le Ciel la donne,
Bien-heureux qui peut l'obtenir ;
Je ſçay comment on la blaſonne,
Et ce qu'on dit pour la ternir,
Mais je ne vois pourtant perſonne
Qui n'ait deſſein d'y parvenir ;
Le mieux ſeroit de rajeunir.

M a i s depuis le temps que Medée,
Pour plaire à ſon Epoux Jaſon
Rajeunit le bon homme Eſon,
Ce ſecret n'eſt plus qu'une idée ;
La recette en fut mal gardée,
Grand dommage eſt pour tout griſon.

C e s bonnes filles ſi vantées,
Qui d'un pareil eſpoir flatées
Mirent leur pere au court-boüillon,
Pour luy rendre ſon vermillon,
Se trouverent bien attrapées ;

La Sorciere avec doux maintien,
Et faisant la femme de bien
Mèchamment les avoit trompées,
Et la sauce n'en valut rien.

O r depuis de pareille sauce
Nul vieillard n'a voulu tâter,
La dépense en étoit trop grosse,
Ils aiment mieux se contenter ;
De chicanner, de disputer
Tant bien que mal avec la fosse,
Au bout du compte il faut partir;
Mais la chicanne est pardonnable :
Si vieillesse nous fait patir,
Mort est bien plus insupportable,
Et fût-on gouteux & perclus,
Plus à plaindre est qui ne vit plus.

C h e r Poupon, grace aux Destinées,
Vous n'en étes pas encore là ;
Si dans ses fureurs forcenées
Voulant rogner sur vos journées
La mort vénoit dire, hola,
Alleguez-luy cent années,
Vous compterez aprés cela.

V o i l a des biens de quoy suffire,
Vous vous en contenterez ; mais

Un Aſtrologue doit tout dire,
Le bon ne va point ſans mauvais.
Un mal dangereux vous menace,
Les Aſtres me l'ont atteſté :
Ce mal eſt grand, & quoy qu'on faſſe,
Il ne peut guere être évité.
J'ay feüilleté tous mes memoires,
J'ay refaſſé tous mes papiers,
Et mis dans mes doctes grimoires
Tout le Ciel en douze quartiers,
Mais aprés, bien du barboüillage
Eſt demeuré pour arrêté,
Et voilà le fâcheux preſage,
Que vous ſeriez Enfant gâté.
Oüy, l'Enfant gâté de la Mere,
Voire du Pere, & du Grand-Pere,
Des Oncles, Grands-Oncles, Couſins,
De tous Parens, Amis, Voiſins,
A la Maiſon comme au College,
De ceux qui ſont, ou qui viendront,
De moy-même, enfin que diray-je ?
De tous ceux qui vous connoîtront.

QUELS cris, & quelle tragedie
Au beau premier petit bobo !
Une legere maladie

Fera trembler pour le tombeau;
Que de boüillons, de medecines,
Et de juleps, & de racines!
Medecins de tous les cantons,
Et Medecins de toute espece,
Les meilleurs feront-ils trop bons?
Il faudra du fond de la Grece
Faire venir les Machaons,
Ou de Versailles les Fagons.
Une petite égratignûre
Ne fera pas un petit mal,
Et pour une si grande cure
Il faudra presque Maréchal.
Que le Sommeil dans sa carriere
Demeure un quart d'heure en arriere,
Tout est perdu, Dieu sçait le bruit!
Ah! mon Dieu, de toute la nuit
Il n'a pas fermé la paupiere;
Voyez son teint, ses yeux battus,
Pauvre Petit, il n'en peut plus.

    V o u s entendrez tout ce langage,
Et dans la suite il faut sçavoir
Si déja fait au badinage,
Vous sçaurez vous en prévaloir.
Les Enfans ont leur politique

Qui va plus loin que l'on ne croit ;
Leur morale toute pratique
A leurs fins les conduit tout droit :
Que quelque leçon leur déplaife,
Trop d'étude, ou trop peu de jeu,
Et remarquez par parenthefe
Qu'il en eft fort fouvent trop-peu ;
En un mot qu'un rien les chagrine.
Vous allez voir joüer la mine.
Un mal de tête des plus gros,
Car ils en ont toûjours en poche,
Vient au fecours tout à propos :
La Mere en allarmes s'approche,
Luy tâte au front ; Et qu'eft cela ?
Il brûle ! Ah comme le voilà !
On me tuëra mon Fils, je gage ;
Les Precepteurs, & les Regens
Sont fans mentir de fottes Gens ;
Voyez un peu le bel ouvrage !
Aller réduire en cet état
Un Enfant foible & delicat !
Hé ! n'ont-ils point de confcience
Qu'il vive, & point tant de fcience,
Affez en fçaura-t'il toûjours :
Petit Fils, je vous fais deffenfe

D'ouvrir un Livre de huit jours.

J E réponds pour luy par avance
Qu'il fera bien obéïffant :
On rit de cela dans l'enfance ;
Mais dans la fuite on s'en reffent.
Que pour un Fils doux, careffant
Une Mere ait de la tendreffe,
La chofe eft jufte, on y confent,
Il en faut au pauvre Innocent ;
Mais gardons-nous de la foibleffe,
On nuit à force de careffe,
Et l'on étouffe en embraffant.

P E U T-E S T R E fuis-je trop fincere
Allant ainfi philofophant,
Et fais mal ma cour à l'Enfant,
En faifant leçon à la Mere ;
Mais la leçon eft neceffaire :
Excufez, charmant Nourriffon,
Quand je me tairois pour vous plaire,
La raifon la luy fçauroit faire,
Et je n'y mets que la façon.

A P R E S cela Dieu vous preferve,
De plus grand mal que celuy-cy ;
Que dans les biens qu'il vous referve
Il vous delivre de foucy,

Et que long-temps il vous conferve,
Et moy vôtre Aftrologue auffi.
Je le fuis, s'il en fût au monde,
Je dis Aftrologue parfait,
Il s'agit de prouver le fait,
Et voicy fur quoy je me fonde.
O u j'ay dit vray fur le futur,
Ou j'ay dit faux, l'un d'eux eft fûr:
Si j'ay dit vray, prenons courage,
Je fuis Aftrologue en ce cas:
Si j'ay dit faux, c'eft grand dommage;
Mais aprés tout je n'y pers pas,
Je le fuis encor davantage.

F I N.

APPROBATION.

J'Ay lû par ordre de M. le Lieutenant General de Police, un Manufcrit en Vers François, intitulé *Horofcope*, dont on peut permettre l'impreffion. A Paris ce 28. de Decembre mil fept cens huit. PASSART.

PErmis d'imprimer. Fait ce 31. Decembre 1708. Signé, M. DE VOYER D'ARGENSON.

9 782014 078398